KB034621

「문학과지성」시인선 127

꿈속의
사닥다리

李太洙 詩集

自 序

　『안 보이는 너의 손바닥 위에』에 이어 다
섯번째 시집을 묶는다. 그간, 느낌의 오솔길
을 낮은 자세로 더듬거려온 느낌이다. 이젠
이 허물도 한 겹 벗고, 명징하고 아름다운
말의 마을을 찾아 새롭게 떠나고 싶다. 땅에
발을 붙이고, 마음은 하늘을 우러러……

　　　　　　　　　　　　　　1993 년 4 월
　　　　　　　　　　　　　　李　　太　　洙

꿈속의 사닥다리

차 례

■自 序

I

山

바람이 분다.
산은 언제나 거기 그대로 앉아 있고
새들은 날아다닌다.
나무에서 나무로, 숲에서 숲
으로, 산에서 또 다른 산으로,
날아다닌다. 새들은
날지 못하는 내 마음에
날개를 달아준다.

강물이 흐른다.
새들은 언제나 날개를 파닥이고
산은 거기 그대로 앉아 있다.
겨울에서 봄으로, 여름에서
가을, 다시 겨울로 가는 바람 소리에도
묵묵히 새들을 품어준다.
흔들리는 내 마음에
추 하나 완강하게 드리우면서,

물을 마시다가

물을 마시다가, 물 같은 나를 물이
들이켜고 있다는 생각과 만난다.
너는 어디에 있는가. 너는
어디로 가고 있는가.
밤은 깊고, 밤이 열어주는
복도의 조그마한 문 앞에 선다.
문이 닫힌다. 열린다. 다시 닫힌다.
물에 물을 타고, 기름에 기름을 붓듯이
앉거나 서 있거나
걸어간다. 걸어도 걸어도
제자리걸음이다.

물이 흐른다. 네 발자국 소리
점점 더 가까워진다. 아득해진다.
잠시도 멈추지 않고 뒤채이는 강가에서
물 같은 내가 물과 뒤섞이며
흐른다. 한 컵 가득, 물을 마시다가
한 컵 가득, 물이 나를 들이켜고 있다는
생각과 새삼 만난다.
그런 생각을 뒤집어본다.

너는 아무래도 돌아오지 않고, 나는
이곳에서 언제까지나 제자리걸음
으로 걸어간다. 서 있거나 앉는다.
이젠 겨드랑이마저 가렵지도 않고,

꿈속의 사닥다리

꿈속에서 사닥다리를 오르고 있었다.
폭포를 배경으로 비스듬히
바위에 기대어 서 있는 사닥다리,
뛰어내리는 물과는 반대로
사닥다리를 오르고 있는 나를
보았다. 그러다가 다시 갑자기 반대로
폭포와 함께 뛰어내리는 나와
사닥다리를 타고 천천히 올라가고 있는
물을 보았다. 물거품으로 부서지는 나와
바위로 흐르는 물줄기를 보면서
나는 물이 되고, 물은 내가 되어
올라가고, 뛰어내리고……
또다시 그 반대로 뛰어내리고 올라가는
꿈을 꾸었다. 사닥다리 끝에서 어쩔 수 없이
거꾸로 내려오는 나와
폭포가 거슬러오르는 장면이 보였다.
잠을 깬 뒤에도
담배를 거꾸로 물고 불을 붙였고,
천장과 방바닥이 번갈아가며
얼굴과 가슴을 바꾸고 있다는 생각을

지울 수 없었다. 천장에 누워 눈을 비비면
방바닥이 쏟아져내릴 듯
천장을 내려다보고 있었다.

봄, 내려가기 또는 올라가기

봄기운 끌어당기며 돋아나는 새싹,
꽃들이 얼굴을 내민다. 나른하게, 나는
앉아 있다. 가라앉는다. 자꾸만 내려간다.
내려가다가 개나리를 만나면
하늘이 노랗게 흐른다.
진달래를 바라보고 있으면
땅은 붉게 타고, 남은 재.
목련들이 하얗게 길을 지운다.

남들이 가슴을 내밀거나, 가볍게
콧노래 흥얼거릴 때
어깨는 처지고, 신발은 더욱
무거워진다. 멈춰선 채, 나는
아지랑이 너머 어른대는 그림자, 뚜벅뚜벅
걸어가는 그림자.

봄빛 완연한 언덕에서, 물고기들이
거슬러오르는 강, 언저리에서
가라앉고 있다. 흔들거리며,
내려가고 내려가다가

나는, 조금씩, 뒤우뚱거리며,
일어선다. 날개가 돋아나기를,
마음속 깊이 꽃이 피기를,
향기를 뿜기를 기다리고 기다린다.

나무는 나무로

있는 그대로 껴안기로 했다. 뒤집고
뒤집다가 보면 결국
모든 것은 나를 비껴서 있을 뿐.
나무는 나무로, 돌멩이는 돌멩이로,
하늘의 구름은 하늘의
구름으로 받아들이기로 했다.
너가 저만큼 떠나고 있는, 아니면
내가 이만큼서 서성이고 있는,
그 사이의 바람 소리를, 미세하지만 완강한
이 신음 소리를 껴안기로 했다.
이즈음은 물소리나 바람 소리에
귀를 맡기고, 마음을 끼었고, 숙명과도 같이
내가 택한 이 오솔길을
걷기로 했다. 터덜터덜 걸으며
길가에 피어난 풀꽃이나 버티어선 바위,
돌부리에도 눈길을 주고
오늘의 이 지상,
이 가혹한 세월의 틈바구니에서
떠도는 꿈을 지우며, 때로는
힘겹게 꿈을 돋우어내며

걷기로 했다. 담담하고 당당하게
풀잎은 풀잎으로, 아픔과 슬픔은
아픔과 슬픔으로,
지워질 듯 되살아나는 희망은 차츰씩
보듬어 안아올리기로 했다.

쏘가리가 되어

꿈을 뒤집어 꾸고 있으리. 이제는
떠내려가지 않고
강물을 거슬러 박차오르는
쏘가리가 되어
이 아픔의 뿌리까지 올라가보리.
그곳에 가서 강물을 따라 다시 내려오며
뒤집은 꿈을 한번 더 뒤집어 꾸고
있으리. 목마르게 기다리던 그를 잊기로 하고
간장을 녹이던 너를
떨구어내려고 안간힘 쓰며 담담하게
이 황량한 벌판을, 그 사이로 흐르는
한 가닥 강줄기를
끌어안고 있으리.
지구는 돌고, 해가 지고
달이 뜨고 별이 지고 해가 떠오르지만
쏘가리가 되어 강물을 거슬러 박차오르며
이 뿌리뽑힌 마음의
연원에까지 내려가보리.
그곳에 가서 자라나는 적의를 지워내고
조금씩, 정말 조금씩 잎새를 내미는

나뭇가지와 오묘한 꽃잎의 나부낌을
바라보고 있으리. 떠내려가지 않고
끝없이 이글거리는 태양과 같이, 퍼덕이는
몇 가닥 햇발의 칼날과도 같이……

이만큼서 언제까지나

강은 언제나 물을 받아들이고
물은 어김없이 흘러내리고 있듯이
흘러내리는 나는 오늘도
강으로 가리. 언제나 강은
그 자리에 엎드려 있고
물은 한결같이 떠나고 있듯이
떠나고 있는 나는 내일도
이곳으로 되돌아오리.
되돌아오리. 바다에 이르지 않고
이뻐도 미워도 이만큼서 언제까지나
개여울의 물을 끌어안으며
풀과 나무들, 돌멩이와 인간들 사이에서
머뭇거리고 있으리.
떠나고 흘러내리며 날아오르고
되돌아오는 (또는 마르고 있는)
이 기막힌 먼지 세상,
안개 마을의 쳇바퀴를 돌리고
있으리. 정말이지 미워도 이뻐도
이 강의 물이 되어, 한 알
강바닥의 돌이 되고 모래알이 되어

목이나 태우고 있으리. 이만큼서 언제까지나
낮아졌다 높아지고 높아졌다
낮아지는 하늘을 이고
마르고 또 마르며 머뭇거리고 있으리.
낮게 낮게 꿈꾸고 있으리.

생각은 자꾸만

생각은 자꾸만 내려간다. 물 아래로,
더욱 밑으로 내려간다
새들이 날아오르고, 비행기가 멀리
사라진다. 이따금 어린 시절의 종이비행기가
구름 속으로 숨는다. 아득하게 바라보면
먼지나 티끌, 물거품과 같은
생각들이 추락한다. 물거품과
같은, 티끌과 먼지 같은 세상.
믿었던 도끼가 발등을 찍고
하루에도 몇 번씩 손바닥을 뒤집는,
물밑에서 손잡고 또다시
손을 푸는 세상.
생각은 더 내려갈 데가 없어
방향을 바꾼다. 물 바깥으로, 더욱
위로, 올라가면서, 비행기를 탄다.
종이비행기가 어린 시절의 꿈속으로
날아가고, 생각은 올라가다가
내려간다. 물 아래로, 더욱 밑으로
내려간다. 자꾸만 내려가다가 올라간다.
구름을 타고, 먼지나 티끌, 물거품과 같이……

쥐뿔 찾기
——詩法

쥐뿔이 보일 때까지
내려가고 또 내려가리. 내려가다가
길이 막히면 다시 올라오며
찾고 또 찾아보리. 설령 언제나
개구리 눈에 물 붓기, 기름에
기름을 타거나 물에 물 엎지르기
가 되더라도 끝까지 걸어가보리.
겨울이 오면 이미 봄이 저만큼 다가서고
사닥다리의 끝에 닿으면 다시
내려와야 하듯이, 내리막에서는
어김없이 오르막을 만나듯이,
지금 여기서 쳇바퀴를
돌리고 있으리. 다람쥐와 함께,
동 키호테와도 같이.
먹어도 먹어도 배고픈 거지처럼
쥐뿔이 보일 때까지,
영영 보이지 않는다는 사실을
잊어버릴 때까지, 올라가고
또 올라가리. 올라가다가 길이 막히면
하염없이 다시 내려오면서……

Ⅱ

그는 언제나

그는 언제나 저 멀리 있고
내 안에 있고

그는 언제나 내 안에서 까마득하고
저 멀리서 가깝고

그가 그리운 날은

그가 그리운 날은
줄담배를 피웠다. 담배 연기를 딛고
가물거리는 마음은
허공으로 뿌리를 흔들었다. 이따금
거꾸로 서기도 하고 주저앉기도 했지만
그는 아랑곳하지 않았다. 언제나
그는 그대로 저만큼 있었지만
만날 수 없었다.
가까이 다가서는 듯, 아득하게 가고 있는
그가 그럴수록 그리웠다.
항간에 그는 신들과만 만난다고 하고,
이즈음 어디론가 모습을 감추었다고도 한다.
하지만 그는 언제나 내 마음에
목마름의 사방연속무늬를 풀어놓고
줄담배를 피우게 하고 있다.

그는 언제 한번

강가에 서면
강의 저편에서 누가
뚜벅뚜벅 걸어온다. 발자국 소리가
점점 가까워지다가 뚝
끊어진다. 누구일까.
어젯밤 꿈에서 뒷모습을 본
그일까. 목이 마르도록 그리워하고
여태까지 기다리고 기다리던 그일까.
강가에 서서 다시 눈을 감으면
강의 저편에서 뚜벅뚜벅 걸어오는
그는 언제 한번
얼굴을 보여줄까.
길을 가리켜주면서 손을 마주잡고
나와 만날 수 있을까.
강가에 나란히 서서
흐르는 강물을 들여다보며
트인 길을 걸을 수 있게 될까.
미망을 넘어, 이 무겁고
어두운 세월의 사닥다리를
함께 올라갈 수 있을까.

어젯밤 꿈속에서

어젯밤 꿈속에서 그가
자동차를 몰고 달렸다.
두 달 전, 조금은 무리해서 산
나의 신형 프린스,
ABS브레이크를 밟으며
다급하게, 신천대로의 빗길에 섰다.
미끄러지지 않고,
내가 서 있는 지하도 입구
흐느끼듯 흐르는 불빛에, 그의
머리카락이 나부꼈다. 언제나 그랬듯이
얼굴은 보이지 않고
잠시 손바닥만 뒤집어 보이다가
뚜벅뚜벅, 어둠의 저켠으로 걸어가는
그의 뒷모습…… 이윽고
보이지 않는 그를 더듬거리면서,
비상등을 끄면서, 핸들을 꽉,
잡았다. 지하도를 지나
자동차의 속도가 붙는 동안
꿈결 밖으로 전화벨이 울었다.

——…… 여보세, 요, 거기, 도, 살장, 이지, 요.
——……(젠장)……

(창밖에 우두커니 앉아 있는
나의 신형 프린스)

대낮에 그를 만날 수는 없을까

대낮에 그를 만날 수는 없을까.
꿈길에서가 아니라,
눈감고 있을 때가 아니라,
이 눈부신 햇살 속에서
만날 수는 없을까. 눈을 뜨고
가슴 죄며, 목을 태우면서
지금 이곳에서
그의 손을 잡아볼 수는 없을까.
반월당이나 범어 네거리에서
푸른 신호를 기다리며, 막 출발하면서
차의 속도를 천천히 붙이고 있을 때,
불현듯 내 머릿속에 들어
모양도 없이 어른거리는 그를
옆자리에 앉게 할 수는 없을까.
말을 잃으면서 마음만 제 혼자
허공에 떠돌 때, 바람 불어
갈 곳도 잊고 그냥 달리고 있을 때,
그는 어디에서 나를
내려다보고 있을까. 언제나
어질머리로 더듬거리는

지금 이곳에는
대낮의 햇발들이
콘크리트 벽에 곤두박질을 할 뿐……

그를 찾아나서며

그는
꿈속에서만 나타난다.
눈감으면 뒷모습만 보여준다.

눈을 뜨면 보이지 않는다.
꿈 밖에서는 머리카락 한 올도 안 보인다.
그는,

언젠가 이르고 싶은
아득한 높이에,
느낌의 적막한 골짜기, 그 깊은 곳에서
눈을 뜬다.
그는,
목마름과 그리움, 기다림과 흔들림의
길 여기저기
발자국들을 남겨놓았지만
발자국을 더듬으면
아득히 물러선다.

나는

그를 찾아나선다. 꿈 밖에서,
눈을 뜨고도 그를 만나기 위하여,
그의 집에 이르는 길을 트고
그와 나란히
그 길을 걸을 수 있을 때까지.
나는 꿈을 꾼다. 대낮에
눈을 뜨고 꿈꾼다.

안 보이지만 느껴지는 그는

그는 아지랑이 저켠에 있다.
강 건너, 물결 너머
안 보이지만 느껴지는 그는
먼 산 그리메나 우리집 지붕 위에
있다. 꿈을 꾸는 동안에는 꿈속에,
목마를 땐 갈증의 안켠에 있다.
그는 언제나 그리움과 기다림, 더듬어가는
오솔길의 저켠에 있다. 모습을
보여주지는 않지만 변함없이 가슴을 열면서
등을 두드려주고, 비틀거리는 마음을
일으켜세워준다. 길을 나서면
지팡이 하나 주고, 서 있을 때는
추 하나 드리워준다. 앉아 있으면
생각의 강물을 흐르게 하고, 눈감으면
남루하지만 넉넉한 정신의 골방에
불을 켠다. 안 보이지만
뚜렷하게 느껴지는 그는
한밤중에도 발자국 소리를 낸다.
내 안에 아득하게 불을 지피며
터질 것만 같은 폭풍을 잠재워 안고.

그는 물 아래 집을 짓고

새들이 날아오르고, 물은
아래로 아래로 내려간다.
그는 하늘의 아득한 깊이에 있고
나는 이 먼지 도시, 무명 속에 있다.
뒤채일수록 벼랑 밑으로 굴러내리고, 그는
목마름의 저켠에 서 있다.

새들이 돌아온다. 불현듯 강물이
거꾸로 흐른다. 뚜벅뚜벅, 그는
동성로에 당도해 신발 소리를 내고
나는 겨드랑이에 날개를 단다.
앞산이 새들을 품어주는 동안
신천은 온갖 물을 받아들인다. 이윽고

그는 물 아래 집을 짓고, 나는
하늘의 아득한 깊이에 방을 만든다.
나는 물 아래 집으로, 그는 하늘의 방으로
들어선다. 새들이 일제히 날아내리고
물은 자꾸만 사닥다리를 오르고 있다.

아침 느낌

이른 아침, 구두끈을 다 매고
발자국 소리를 조금 내다가 거두고
차의 시동을 걸 때
그가 다가온다. 불현듯
등뒤에서 저으기 바라보는 눈길이
느껴진다. 나도 이제는
어두운 터널을 빠져나왔어, 다가오는 봄에는
나무라도 한 그루 심을 거야, 늘 푸른……
이라고 중얼거린다. 차창에는
아직 짙은 성에.

출발을 조금 늦추고 백미러를 본다.
언제나 신과 인간들 사이에서, 언젠가
내가 가 닿고 싶은 지점에서,
그는 눈을 뜬다. 나도 그와 같이
눈을 뜨고 싶다. 그와 같이 걷거나
달리고 싶다는 생각이 눈을 뜬다.
하지만 룸미러를 들여다보아도
그는 보이지 않는다. 안 보이지만
내 곁에 있는 그의 손길이

따스하게 느껴진다.

엔진 소리가 차츰 경쾌해지는 아침을 밀며
가속 페달을 밟는 순간
나는 퍼덕이는 시간의 가슴에 있고
퍼덕이며 뛰어내리는 햇발들과 함께
퍼덕이고 있다. 그는 내 가슴의 고동 소리와
엔진 소리와 퍼덕이는 햇발들을
뒤섞고 있다. '희망'이라는 팻말이
앞에서도 보이고, 백미러에도 들어와 있다.

Ⅲ

꿈이 두렵다

밤이 두렵다. 잠이 두렵다. 밤마다 잠속에서 만나는 꿈이 두렵다. 꿈꿀 때마다 이즈음은 주인공으로 헤매는 내가 두렵다. 거꾸로 서 있기도 하고, 발을 들고 날아가기도 하고, 날고 날다가 아득하게 추락하는 내가 두렵다.

몸부림치며 꿈 밖으로 나와 보면 꿈이 두렵다. 잠이 두렵다. 잠을 떨구지 못하고 그 속으로 다시 들어가는 밤이 두렵다.

언제나 밤을 받아들이는 내가 두렵다. 밤이 두렵다고 생각하는 내 마음이 두렵다. 낮에 꾸는 꿈속의 밤의 어두운 꿈이 두렵다.

차의 속도를 붙이다가

차의 속도를 붙이다가 문득
기계는 무섭다는 생각이
고개를 든다. 고장이 나지 않는 한
기계는 정직하기 때문에. 정직한 건
무섭다는 생각을 굴리면서
차의 속도를 줄이다가
정직하지 않은 것은 더욱 무섭다는 생각과
마주친다. 날이 갈수록 이지러지면서도
이즈음은 결벽증이 농도를 더하고 있음을,
이 세상이 점점 더 뒤틀리고 있음을
절감하면서 급커브를 꺾는다. 차는 정직하게
급커브를 돈다. 세상에는 뒷문도 있고,
사람들이 이따금 안개 너머 있다는 사실을
새삼 느끼면서도 정직한 건 무섭다는
생각에 시달린다. 정직하지 않은 것은
더욱 무섭다는 생각을 떨굴 수가 없다.
차의 속도가 붙는 동안
고장이 나지 않기를 바라면서.
갈 곳이 없으면서도 달리고 또 달리면서
나는 그 아슬아슬하고 풀리지 않는

거짓말 사이에 말뚝을 박는다.
차의 갖가지 부품들이 하얀 눈을 뜨고
내 생각의 여기저기를 들여다보고 있다.

마음은 언제나

춥다. 마음은 언제나 응달에 있고
밑 빠진 항아리다. 채우려고 하면
바닥이 드러나는 항아리,
콩쥐의 물독이다. 흘러내리는
물이다. 마음은
먹어도 먹어도 배고픈 거지,
비우려고 하면 더욱 차오르는
바람 주머니다.
어제도, 그저께도, 어쩌면
내일도 떠도는 먼지처럼
마음은 제 홀로 헤매지만
가혹하게 날개를 꿈꾸는
동 키호테다.
기댈 언덕도 없이, 머물
집과 따스한 방 한 칸도 없이,
낯선 처마 밑에서 서성이는
바람이다. 구름 조각이다. 마음은
빗장이 걸려 있는 문
밖에서 떨고 서 있는
자귀나무다.

낮이나 밤이나 물을 마시는
물이다. 물거품이다.
마음은 언제나 응달에 있고
응달의 빈터에서
하늘이 노랗도록 꿈꾸고 있다.

한 자락 나의 하늘은

하늘이 한 자락 구겨져 있다.
빈 깡통들이 뒹굴고, 그 소리 사이로
흩어지는 여우비.
바람은 어디서 오는지. 자꾸만
나뭇잎을 떨어뜨리고
가슴에 희미하게 흔들리는 불꽃,
대낮인데도 누가 등불을 들고
마음의 어두운 골짜기, 바위 틈으로 들어선다.

──저게 누군가?

아무 일도 없었다는 듯이, 새들은
하늘 자락에 포물선을 그리고
찬물에 말아 식은 밥을 먹는 동안
초원에는 살찐 말들이 달리고 있다.
꿈은 언제나 강의 저편에서 서성이고
우리의 삐걱대는 시간은
물같이 가고 있다.

치유되지 않는 상처와 뿌리 없이

자라나는 슬픔, 아무리 다림질해도
한 자락 나의 하늘은 구겨진 채
저물고 있다. 누군가
등불을 들고 밝혀주지만
어둠의 문신들은
여전히 지워지지 않고 있다.

그해 이른봄은

그해 이른봄은 잔인했다.
때아닌 큰눈이 내리고, 성급하게
연둣빛 잎새를 내밀던 나무들은 다시
발을 오그렸다. 뒤로 넘어졌는데도
이마와 코를 다치고
풍향계는 걷잡을 수 없이
돌고 있었다. 개나리들은 노란 꽃잎을 내밀다가
멎고, 몇 가지 일들이 꼬였다.
마음이 상해 며칠 낮과 밤을
마른 수수깡처럼 허우적거렸다.
먼 나라에선 전쟁이
터졌다가 가까스로 가라앉았지만
총을 겨누는 일은 싫었다.
그해 이른봄은 아무래도 잔인했다.
수돗물이 오염돼 물 공포증에 시달리면서
물을 물같이 생각하는 사람들이 늘어갔고
물에 폐놀을 버린 공장들을 원망했다.
사람들은 차츰씩 극성스럽게
맹물을 맹신하면서 또 다르게
앓기 시작했다. 그해 이른봄에는

새로 산 새 차가 몇 번씩이나 상처를 입었고
그 때문에 기분이 나빠 속력을 더 내는
버릇이 생겼다. 줄담배를 피웠다.
식구들은 약속이라도 한 듯이
병원에 드나들거나
약사발과 약봉지를 가까이했다.
그해 이른봄엔 악몽을 벗지 못했다.
서 있거나 앉아 있는 자리가
뿌리까지 흔들렸다.
불면증 때문에 이따금 숨을 멈춰봐도
잠은 천장에 매달리곤 했다. 해 뜬 뒤에는
믿는 도끼가 발등을 찍듯
가까운 사람들이 얼굴을 바꿨다.
(그래, 그래, 세태가 그러니까.)
문지방에 소금을 뿌리려다 참았다.
참아야 한다. 당분간 술을 끊고
죽음처럼 깊은 침묵 속에 들어앉아 견디면
재수에 옴이 붙은 때도 가기는 가겠지,
이 어두운 터널은 터널일 뿐이겠지,
돌아서서 가는 이른봄의 뒷덜미도

저으기 바라보고 싶다.
그러나 아무래도 그해 이른봄은
잔인했다. 말[言語]들이 부황들고
입다물고 있어도 입가엔
신음 소리가 말라붙곤 했다.
아지랑이 너머 있었다. 마음을 열수록
상처가 아렸다. 사랑은,
내 사랑하는 마음은
낡은 필름처럼 돌아가고 있었다.
맑은 물 한 모금, 맑은 공기 몇 움큼을
목말라하듯이, 다시 오는 봄의
꽃들이 피기를 기다리며
새롭게 잎새와 꽃을 밀어올리는 꽃나무의
뿌리로 깊이 깊이 걸어 들어가면서……
그해의 이른봄에는 상처처럼
되다 만 시 몇 줄이
마음의 빈터에 긁히어 있었다.

세상은

세상은 바늘 구멍으로도 보인다. 서서도, 앉아서도, 걸으면서도, 누워서도 보인다. 눈을 감아도 보인다.

눈을 뜨면 안 보인다. 세상은 현미경으로도, 비행기를 타고 내려다봐도 보이지 않는다. 일어나도, 뛰어가 봐도, 앉아도, 서도 안 보인다.

보인다, 안 보인다는 절망감이. 보인다는 그 반대의 느낌이 느껴지지 않는다. 세상은 너무나 크고 넓고, 안개에 싸여 안 보인다. 한치 앞도, 바늘 구멍마저도 보이지 않는다.

때로는 황당하게

때로는 황당하게 생각을
풀어놓고 싶다. 보이는 것은 언제나
뒤틀려 있으므로, 안 보이는 세계에
가 닿고 싶다. 꿈을 꾸면서
꿈이 열어주는 길을 서성거리며
고삐 풀린 망아지처럼 생각을
풀어놓고 싶다. 안 보이는 것은 언제나
그 안팎을 보고 싶듯이, 뒤집고 뒤집으며
들여다보고 싶다. 더 이상
뒤집고 싶지 않을 때까지,
그런 생각마저 지워져버리고, 황당하게,
하늘과 땅, 바다나 섬에
비스듬히 앉아 있고 싶다.
휘파람을 불며, 돌아가야 할 길을
되돌아서서, 걷고 걷다가 아득해져서
다시 되돌아서며
사방연속무늬로 번지는 생각들을
끝간데 없이 풀어놓고 싶다.
보이는 것은 언제나 뒤틀려 있으므로,

새롭게 태어나고 싶다

이 지구를 뛰어내리고 싶다. 이따금
꿈을 뒤집고, 궤도를 벗어나
아무렇게나 뒹굴고 싶다. 이즈음은
거울이 두렵다. 도둑처럼 스며들어
내 속의 모든 것을 부숴버리고
다시 출발하고 싶다.
넥타이를 풀고, 옷을 벗어버리고
한 가닥 바람이고 싶다.
떠돌이로 떠돌며, 그야말로
거리낌없는 거지처럼 진실 앞에서는
깡통을 두드리고 싶다.
거울이 싫다. 거울에 비친 나는 지겹도록
싫다. 이따금, 또는 자주자주
이 지구를 뛰어내리고 싶다.
뒤집어 꾸어본 꿈에, 아무렇게나 뒹구는
돌멩이에, 눈길을 주고 싶다.
들풀들은 자라고
다시 태어나 새롭게 죽으며
그 죽음을 깊이깊이 끌어안고 싶다.
한없이 부숴져 새롭게 태어나고 싶다.

나무와 함께

나무들이 빈 가지로 서 있을 때
내 눈은 내려간다. 줄기를 타고
땅속으로 스며든다.
마음은 뿌리를 타고 들어간다.

──지금은 내려가라 내려라 떨구어라
　　버려라 비울 수 있는 데까지 비워라

꿈틀거리며 뿌리 속에서
방을 만들고 집을 짓는다. 겨우내
그 집의 방구들을 지고
꿈을 꾼다. 뿌리로 힘을 모으며,

　　　(나무들이 말한다.
　　　이제야 아시는군.)

나무들이 뿌리의 힘을 풀 때
내 눈은 올라간다. 물관부를 따라
가지로, 그 끝으로 솟아오른다.
마음은 잎새를, 꽃봉오리를 밀어낸다.

——때가 왔으니 은밀하고 완강하게 올라가라
　올려라 달아라 가져라 채울 수 있는 데까지
　채워라

날아오르며 하늘의 깊이에
겨우내 지은 집을, 방을 옮겨 세운다.
뿌리로 모았던 힘을 풀면서
나무들과 함께, 꿈에 새 날개를 달면서,

IV

그가 안 보이듯이

말들이 달아난다. 아득하게
그가 안 보이듯이, 그리운 그가
언제나 강의 저편에서 아물거리듯이
손가락 사이로, 이지러진 생각들 사이로
빠져나간다.
벗은 나뭇가지 끝에 매달려
바래는 낮달, 아무렇게나 흔들리는
거룻배처럼, 말들이 아물거린다. 지워
진다. 가혹하게 허공에 발 구르며
흩날리는 눈발, 지상에는 닿지 않는
눈송이같이 녹아내린다. 말들은,
그가 언제나 인간 세상에는
발 딛지 않듯이,
목마름과 기다림의 저편에서
서성거린다. 순은빛으로 가물거린다.

(…… 아, 그윽한 시 한 편을 빚고 싶다.)

강물은 간다

말을 찾아 헤맨다. 잃어버린
말들을 끌어안고
강물은 간다. 나도 저만큼 떠내려가며
바위나 돌부리에 부딪힌다.
때로는 구름으로 떠돌다가, 다시
물처럼 흐르며 물을 마신다.
구름으로, 바람으로, 물로
헤매는 마음, 물거품의 마음.
그 언저리에는 여뀌풀들이 자란다.
돌멩이들이 뒤채고
새 날개를 달고 있는
말들이 어른댄다.

……그러나 이곳에 머무르고 싶어.
……지금도 날개를 꿈꾸고 있어.

지구는 어김없이 돈다. 아웅다웅
우주에 넘쳐나는 말들,
등 돌리는 말들. 하늘과 땅은
노랗다. 푸르다가 노랗고, 다시

푸른 말들을 돋우어내고 있다.
더욱 목마르게 말을 찾아 헤맨다.
잃어버린 말들을 끌어당기며
강물은 간다.
나도 저만큼 떠내려가고 있다.

나는 말 거지야

나는 거지야.
말을 잃고 헤매는,
잃어버린 말들을 찾아 떠도는

말 거지야.
말의 큰물 때문에, 말의 숲에서는
그 숲이 잘 보이지 않아

더듬거리는 떠돌이야. 눈앞이 흐려
길은 자꾸만 물러서지만
어디론가 트인 오솔길을
만날 수 있을 것만 같아, 언젠가는

꿈꿔온 말, 유리알 같은
말들의 마을에 닿을 수 있을 것만 같아,
헐벗은 마음에 등을 달면서 걸어가는
떠돌이야. 이마는 푸르고

부드럽지만
깐깐한 피가 도는,

마음을 비우며
물방울 같은 꿈을 꾸는,

말 거지야.
가련한 내 누이의 창가에도
따스하게 반짝이는 말, 달아주고 싶은

나는 거지야.
물방울 같은, 유리알 같은
말들의 마을을 더듬어 찾아가는,

마음아, 너는 여태

물고기들
물 위로 뛰어올라
비늘을 번뜩이고, 하늘 깊이
새들이 날아오르고,
못가에는
환한 연꽃 한 송이.

──마음아, 너는 여태
　이무기처럼
　거기서 뒤채이고 있니?──

벗어나고 싶은
이 무명, 이 말의 늪에서……

말. 이슬 같은, 햇살과 같은

물컵 가득
찰랑이는 물, 위에 날개를 파닥이는

햇살, 끌어안으며
창가에 서 있는 나무,

잎새에 매달려 반짝이는
아침 이슬.

　　······잠을 털고 깨어나는 말. 이슬 같은,
　　날개 파닥이는 햇살과 같은······

아침 이슬,
잎새에 매달려 반짝이고

물컵 가득
찰랑이는 물, 위에 날개를 파닥이는

햇살, 끌어안으며
창가에 서 있는 나무.

그녀의 말은 톡톡 튄다

그녀의 말은 톡톡 튄다. 고기 비늘 같은
말들이 톡톡 튄다. 그녀의 손가방이 열리면
어디서 와서 몸을 섞는지, 퍼덕이는 햇살이
그 속에서 리본을 달고 나온 말들을
투명하게 돋우어낸다. 버터 냄새를
조금씩 풍기면서도 언젠가 한번
흐릿하게 스쳐간 듯한 말들을
액자 속에 끼운다. 사각형 안에서 더욱
반짝이는 말들은
고삐 풀린 망아지보다도 풋풋하게
튄다. 고기 비늘 같은 말들이 톡톡 튀며
잠에 젖어 있던 나의 말들을 흔들어
함께 톡톡 튀게 한다. 그녀의 말은
액자의 사각형 안에서
그 바깥의 모든 것들을 톡,
톡, 튀게 한다. 유리알의 말들도……

속·비밀

아름다운 비밀은 보석이라고
그녀는 속삭인다. 속삭임의 집,
그 말의 집 대문 앞에서 서성거리다가
빗장을 푼다. 누가 안켠에서
그녀의 말에 동의한다. 대문이
삐걱거리는 소리…… 방문을 연다.
조심조심, 신발을 벗고, 방안으로
들어간다. 문득, 비올라의 선율은
여리면서도 완강하게 흐른다.
그 떨림은 내 생각의 한 켠을 흔든다.
──임금님의 귀는 당나귀의 귀,
──흐흐흐, 당나귀의 귀.
아슬아슬, 비밀 하나가 속으로 빛나고
나는 그 빛들을 끌어안는다.
비밀이 보석인지, 보석이 비밀인지,
아름다운 비밀 하나, 터질 듯
빛을 뿌리고 있다.
보석처럼 안으로 빛나고 있다.

소를 보며

묘기는 싫다. 가볍게
무릎을 탁 치게 하는 묘기보다는
어눌한 듯 은은하게 다가오는
숭늉 맛의 몇 마디 말,
들여다볼수록
마음을 끌어당기는 말들이
좋다. 새앙쥐같이 눈을 반들거리며
이리 뛰고 저리 뛰는
재주꾼보다는
묵묵히 되새김질하며 눈을 껌벅이는
소에게, 그 눈에 눈이 간다.
빛을 내지만
햇볕을 받은 사금파리가 아니라
얼마간은 흙에 묻힌, 사금파리보다
빛이 안으로 감춰진
금을 알아보고 싶다.
묘기는 싫다. 이따금 고개를 드는,
잔재주를 누르며.
이 가혹한 세월을 되새김질하는 소의
눈을, 덤덤한 그 움직임을 들여다본다.

이즈음 다시

이즈음 다시 가슴속에
별 하나 불러들인다. 캄캄한 배경의 별이
빛을 뿌리며 밤을 건너고 있다.
제 홀로 반짝이는 비밀처럼,
어둠 흔들어 깨우는 말처럼
보석이 되고, 눈물이 되는……

V

길   1

길은 길 밖으로 달리고
해가 진다. 머리를 하늘로 두어도
발목은 땅 위의 말뚝이 된다.
캄캄하게 헤매다가
길 밖으로 나가 주저앉는다.
나무처럼 잎을 밀어내고, 뿌리로
힘을 모은다. 이 지상에는
오늘도 밤이 오고, 밤이 깊을수록
별들은 영롱해진다. 불현듯
시름들도 불을 달고, 날개를 달면서
길 밖으로 달리고 있다.

길   2

길은 달리고 있다.
달리는 길이 두렵다.
길 밖에서 바라보면
달릴 수 없는 내가 두렵다.
길은 언제나 길대로 달리고
나무와도 같이 나는
서 있다. 뿌리도 없이…… 흔들리면서……
달리려고 하면, 길은
너무 많아 안 보이고
내가 서 있는 동안에도
길은 달리고 있다.

길 3

길이 있으므로, 길이 달리는 대로
달렸다. 어디로 가려 하기보다는
어디로든 가고 있는 나를 만나
움찔거리면서도 달렸다. 시속 일백이십 킬로미터
또는 그 이상의 속도로 달리고 싶은
충동을 지그시 누르면서, 때로는 풀면서
길이 있으므로, 길이 달리는 대로
달리고 또 달렸다. 어디로 가고 있는지,
정말이지 나는 어디에 가 닿을 수
있을는지…… 길은 말없이 달리고 있다.

길   4

길은 사람들이 만들고 있지만
사람들은 언제나 길을 잃는다. 겉으로는
길을 따라 사람들이 붐비지만
길은 보이지 않아 길을 제대로 걷는
사람들이 보이지 않는다. 사람들은
발이 공중에 떠 있는데도
떠 있는 발을 보지 못한다.

흔들흔들, 하지만

  주사위가 던져져 있다. 바람 불고, 나는 오늘도 주
어진 길을 걷고 있을 뿐이다. 지나온 길의 발자국들
을 견장처럼 어깨에 메고, 던져져 있는 주사위를 들여
다보며, 흔들흔들 걷고 있을 뿐이다.

  바람이 한 옥타브 낮게, 또는 한 옥타브 높게 불고
있을 때도, 밤이 오거나 낮에 뙤약볕이 내릴 때도 흔
들흔들, 하지만 쓰러지지 않고 걷고 있을 뿐이다.

  오늘은 유난히 하늘이 높고, 그 옥빛 속으로 내 마
음의 새 한 마리 깊이 날아오르고 있다. 끝없이 추락
하는 옛 꿈은 던져진 주사위 모서리에 포개어져 있다.

요즈음의 길은

길이 흔들린다.
어젯밤 꿈속에서 겨우
트인 길을 보았지만, 오늘 내가 걷는 길은
그 길이 아니다. 발목이 저리도록 걸으면서
눈은 자꾸만 흐려진다.
귀는 어둠 쪽으로 열리고, 길을 찾는
사람들이 삼삼오오 무리지어 걸어간다.

요즈음의 길은 누군가
대낮에도 등불을 켜들고 찾던
그 길이 아니다. 눈길을 하늘로 두고 걷는
그런 길이 아니다. 땅을 보고, 더 넓은
아파트와 더 좋은 자동차를 향해 달리는
길, 이름을 저잣거리에 내다거는 길이다.

날이 갈수록 나의 길은
흔들리고 있다. 이름 모를 풀들이 자라고
되다 만 몇 줄의 시, 깨금발을 하면서
말들이 잠 깨는 마을로 트인 길은
자꾸만 뒷걸음질하고 있다.

오늘도 무심한 구름들이
하늘 언저리를 맴돌고 있다.

——벗. 어. 나. 고. 싶어……

길 위에서 길을 잃으며

그녀는 이따금 딸꾹질을 하며
길 위에서 길을 잃는다고, 길을 걸으면
길이 먼저 달리고
서서 보면 길이 너무 많아
안 보인다고 한다. 언제나
길을 걸으면서도 길이 낯선 나에게는
그녀의 말이
새삼 길이 된다.
길 위에서 서성거리며
길들끼리 길을 트고, 하늘로 오르거나
땅속으로 뻗어가는 길들을 본다.
길을 걷고 있으면 발바닥이 흔들흔들
허공에 뜨고, 다시 길을 잃으며
길을 벗어나 걷고 있는
나를 본다.
그녀가 이따금 저만큼 앞서가거나
바로 곁에서 딸꾹질을 하며
달리고 있는 길은 따라 달리고 있다.
잠시 서서 보면
길이 너무 많아 길은 안 보이고

84

안 보이는 길을 앞서거니뒤서거니
달리거나 걷고 있는 그녀와
내가 보인다.
그녀도 나도 까마득히 보이지 않는다.

길, 머나먼 길

길.

그의 집에 이르는,
좁고 깊은 아픔을 통해, 섬광처럼
정신의 저 높이에
반짝이는.
모든 길 벗어나, 깊이 내려가 있으므로
아득하게 빛나는,
바늘 구멍으로 온 세상 꿰뚫어보는
그의
방, 그의 집에 이르는

머나먼 길.

마음의 길 하나 트면서

마음을 씻고 닦아 비워내고
길 하나 만들며 가리.
이 세상 먼지 너머, 흙탕물을 빠져나와
유리알같이 맑고 투명한,

아득히 흔들리는 불빛 더듬어
마음의 길 하나 트면서 가리.
이 세상 안개 헤치며, 따스하고 높게
이마에는 푸른 불을 달고서,

VI

팬지꽃은 귀엽다

팬지꽃은 귀엽다. 조그마하게
물살을 가르는
피라미는 이쁘다.
일요일 한나절, 방구들을 등에 지고
붕붕 뜨는 마음을 망아지처럼 풀어놓고,
천장에 매달아놓은
청기와집에 드나드는 시간은
즐겁다. 낮게 낮게 꿈꾸며
바이올린 선율에 발목까지 적시는
이 소멸에의 더듬거림은
아름답다. 뜨락의, 냇물 속의, 꿈길의
팬지꽃은 귀엽다. 조그마하게
물살을 가르는
피라미는 이쁘다. 죽음의 빛깔마저도……

봄 기미

나무들이 가지 끝에
불을 단다. 잘 보이지 않는 불,
안으로 타오르는
불꽃이 보인다. 어깨를 비벼대며
나무들은 뿌리로 모았던 힘을
조금씩 밀어올린다.
벗을 것 다 벗고, 떨굴 것 다 떨구었던
나무들이 설레며 가지로, 그 끝으로
물을 길어올린다.
종달새가 성급하게 날아오르고
앞산 이마에는
아물아물 피어오르는 아지랑이,
겨우내 나뭇가지에 어둡게 걸려 있던
구름들이 어디론가 떠가고
바람 소리에도 연둣빛 물기가 돈다.
개여울의 물, 돌부리 사이로 헤엄치는
물고기의 지느러미에도
부드러운 속도가 붙고,
양지바른 담장 밑에는 고양이
한 쌍이 혼곤하게 졸고 있다.

山寺에서

솔바람 소리에
귀를 가져간다. 간간이
나뭇잎이 지고 있다.
주전자의 맹물이 끓는 동안
지나온 길의 발자국들이 하나,
둘, 일어선다.
마음을 가라앉히고, 무거운
발자국들을 지워낸다.
──어디로 갈 것인가.
풀벌레 소리 가까이 다가서고
천천히 마시는 반야차 한잔,
차 한잔이 밝혀주는 오솔길을
더듬어 걸어간다.
산모롱이를 돌아가는
노승의 장삼 자락이
유난히
한가로워 보인다.

두 개의 變奏
──金相九의 목판화를 보며

1

물 위에는 한가로이
오리들이 노닐고 있다.
나무들은 물가에서
잎새마다 초록의 물을 길어올리고
안기면 안길수록 아득한
그의 풍경 속을 내려서다 보면
발바닥까지 무지개 위에 뜨고
숲이나 물 위로 뛰어내리는 햇발이
잠에 빠진 꿈을 흔들어 깨우고 있다.
오리들을 따라 물 위에 떠 있다가
나무들의 물관부 속을 기웃거리기도 하고……

2

사닥다리를 놓고 싶다.
하늘을 향하여
깨금발을 하는 꿈.
신들린 듯 물은 아래로 아래로
떨어져내리고 있지만
올라가고 싶다. 폭포 앞에서

물에 발을 담그고 눈감아보면
떨어지는 물의 속도만큼, 하늘로
아득하게 하늘로 키가 크는
사닥다리. 한 칸씩 빠르게 나는 그
사닥다리를 올라가고 있다.

장미의 계절
──朴武雄의 그림

실바람 아릿아릿
드레스 자락 나부끼며 오고,
뜨락에 들어 춤추며
요한 스트라우스의 왈츠 몇 소절
흔들어 흩날리고,
피어오르는 장미, 그 환한 꽃잎 언저리.
장미빛으로 번지는
사방연속무늬의 꿈과 꿈 사이
찬란한 듯 슬프고, 슬픈 듯
찬란한 마음의 강줄기,
또는 여울물 소리……
그리움과 기다림의 끝은 어딘지,
오월 하루, 가슴에 나부끼는
장미꽃들,
그 아릿하고 아득한 둘레.

녹색 오후
──張理圭의 그림

그 숲에 가고 싶다. 그 숲에 가서
나무가 되고 싶다. 풀잎이 되고 싶다.
탱글탱글 튕겨오르는
초록빛 생명력.
대지의 숨결은 물고기처럼 파닥이고
화면에 멈춘 숲에는
신경의 올이 반짝이는
자석이 달려 있다. 용수철이 들어 있다.

그 숲에 가고 싶다. 그 숲에 가서
숲이 받든 하늘 자락이 되고 싶다. 뛰어내리는
햇발이 되고 싶다.
건드리면 깨질 것 같은 긴장감.
하늘의 숨결은 풋풋하고 너그럽고
화면에 거듭난 숲에는
생명의 새 불을 지피는
초록의 불씨가 들어 있다. 불꽃이 타고 있다.

정대 雪景
——李柄憲의 그림

소나무들이 모여서서
푸르게 숨쉬며 어깨를 비벼대고
쌓인 눈, 지워진 길, 위에
누군가
홀로 걸어간 발자국.

사람은 아무도 보이지 않는데
가슴 따스한 사람들이 돌아올 것만 같은
산골,
낮달이 걸려 있는 감나무 가지 끝에
까치밥도 두어 개.

얼음장 밑 물소리 따라
한참을 굴러 내려가다보면
잃어버린 시간
거슬러오르는 새소리, 바람 소리……
갈참나무 빈 가지엔 눈부신 얼음꽃.

담배굴 보이는 마을 어귀 접어들며
마음 푸근하게 풀어내리면

잊고 있었던 고향,
희미한 기억 사이로도
보랏빛 저녁 연기 피어오르고……

아득한 네 얼굴
──東京 六義園에서

낯선 공원 태산목 그늘
까마귀 울음 소리에 마음은 흔들리고,
연못의 황금 잉어와 자라들이
발 밑으로 몰려온다. 생각은 잠시
낡은 필름의 자막처럼 흘러내리고,
말차 한 잔 마시는 동안
마음은 현해탄을 건너갔다 되돌아
온다. 한동안 멈추어 서서
내 안의 너를 꺼내본다. 꺼내보면
안 보이고, 다시 두면
절실한 너는
바다 저편에서 손을 흔든다.

푸른 숲이 뿜어내는 푸른 공기
푸른 숨결에 젖으며
낯선 공원 태산목 그늘
까마귀 울음 소리에 마음은 흔들리고,
현해탄 너머까지 달려갔다가
되돌아오는 내 마음의 먼먼
메아리…… 앉아도 서도 걸어도

100

아득한 네 얼굴.
하늘에는 까마득히
비행기 한 대 날아가고 있다.

'언지예' 또는 '어데예'

동성로에서 만난 그녀의
무뚝뚝한 듯 상냥한 사투리
'언지예'에는
잘 익은 능금 속살이 묻어 있다.
부정 속에 긍정을 살짝 껴안고 있는
'어데예'에도
어머니의 할머니 그 이전부터의 부덕이,
새삼 마음 흔드는, 비의가 숨어 있다.

그녀의
표정 없는 표정 너머로는
한 가닥 선명한 불꽃이 타오르고
마음의 문을 활짝 열어젖히는 대담함,
화끈한 말들이 안으로 숨쉬고 있다.
한번 가슴을 열면, 한번
마음만 먹으면, 물불을 밀어젖히는
또순이 기질.

동성로에서 만난 그녀의
무뚝뚝한 듯 상냥한 사투리

'언지예'와 '어데예'에는
은근히 바라면서도
겉으로는 고개를 가로 젓는, 감칠맛의
야릇한 향내가 들어 있다.
청솔 푸른 가지에
비단 옷자락 나부끼듯이,
가슴 깊이 타오르는 불꽃을
언제나 잠재워 안고 새침을 떼듯이……

오늘은 더욱 높고 가깝게
──한 司祭의 은경축에

하늘에서 햇발이 퍼덕이며
뛰어내리고 있듯이,
따스한 햇살이
온누리 감싸안고 있듯이,
당신은 우리를 흔들어줍니다.
뿌리뽑히고 헐벗은 사람들에게는
풋풋한 햇발을,
병들고 버림받은 사람들에게는
따스한 햇살을
한아름씩 안겨줍니다.
이 땅의 구석지고 그늘진 곳에
빛을 뿌리고 가꾸는
당신의 가슴은 넉넉하고
마디 굵고 거친 손은 오히려
한없이 부드럽습니다.
결핵 요양원이나 병원에서,
재활원이나 밀알의 집, 또는
집 없는 천사들의 집에서
맑고 우람한 강물로 흐르는 당신은
언제나 어둠 흔들어 깨우는

햇발입니다. 타오르는
불꽃입니다. 소금입니다.
오늘은 더욱 높고 가깝게
우리를 흔들어 깨웁니다.

새 아침에, 마음아

상수리 싱싱한 가지 끝에
퍼덕이는 햇발같이,
양지바른 담장 밑에 반짝이는
사금파리와 같이, 정말은 순금과 같이.
퍼덕여라, 마음아, 반짝여라.
밤새 도둑처럼 흰 눈이 내려 쌓여
그 눈밭에 아무렇게나 뒹구는 발자국,
망아지의 발자국들. 고삐 풀리어
아무렇게나 뛰어가는
바람과 같이,
갈之자로 달려라. 천방지축
달려라. 길 위로 길들이 달리고
지워진 길들을 흔들어 또 다른 길들이
달리고, 자동차들이 달리듯이
가속 페달을 밟는 느낌
경쾌하고, 불현듯 거짓말처럼
무명이 걷히어
빛이 되듯이, 햇발을 풋풋하게 낳듯이,
고삐를 풀어라. 빗장을 풀어라.
상수리 싱싱한 가지 끝에

퍼덕이는 햇발같이,
양지바른 담장 밑에서 반짝이는
사금파리와 같이, 정말은 순금과 같이.

시인의 사닥다리
──이태수의 시집을 읽으면서

김   주   연

쥐뿔이 보일 때까지
내려가고 또 내려가리. 내려가다가
길이 막히면 다시 올라오며
찾고 또 찾아보리. 설령 언제나
개구리 눈에 물 붓기, 기름에
기름을 타거나 물에 물 엎지르기
가 되더라도 끝까지 걸어가보리.
                              ──「쥐뿔 찾기」의 앞부분

  뜬금 없다고 할까. 이태수는 쥐뿔을 찾고 있다. 대체
쥐뿔이 있는가. 없는 것을 말할 때 쥐뿔이라는 말을
흔히 우리는 쓰고 있다. 없는 것을 찾아 헤매는 이태
수의 글쓰기는, 그러므로 황당한 느낌마저 준다. 쥐뿔
이 아무리 없다고 해도 그것이 보일 때까지 내려가고
또 내려가겠다는 그의 이 무모한 의지는 무엇을 말하

는 것인가. 그 자신 그 무모함을 잘 알고 있다. "지금 여기서 쳇바퀴를/돌리고 있으리. 다람쥐와 함께/동 키호테와도 같이"라는 표현에서 아주 직접적으로 드러내고 있듯이, 그렇다면 그는 동 키호테다. 동 키호테라고 불러 무방하다면, 모든 시인은 아마도 동 키호테이리라. 아니, 모든 글쓰는 이들의 행위는 필경 동 키호테일 수밖에 없을 것이다. 그럴 것이, 그가 돌리는 풍차는 쳇바퀴에 지나지 않는 경우가 대부분이기 때문이다. 어디 세상이 글쓰는 이들의 글대로 굴러가는가. 정반대로만 진행되지 않아도 기특할 지경이다. 그러나 동 키호테에게는 동 키호테일 수밖에 없는 이유가 있게 마련이다. 이렇게 볼 때, 이 시집에서 '쥐뿔찾기'로 표현된 그의 황당한 수색 작업은, 그가 최근에 이르기까지 꾸준히 행해온 어떤 그리움의 다른 표현일지도 모른다는 생각과 자연스럽게 연결된다. 지난번의 시집 『안 보이는 너의 손바닥 위에』에서 애타게 찾았던 '그' 혹은 '너'의 존재에 대한 그리움과 갈망이 여기서도 집요하게 나타나기 때문이다. 그 수색과 그 갈망은 필경 동일한 어떤 길 위에 있는 것이 아닐까.

  i) 그는 언제나 저 멀리 있고
     내 안에 있고

     그는 언제나 내 안에서 까마득하고
     저 멀리서 가깝고   ——「그는 언제나」 전문

  ii) 〔……〕 언제나
     그는 그대로 저만큼 있었지만

만날 수 없었다.
가까이 다가서는 듯, 아득하게 가고 있는
그가 그럴수록 그리웠다.
항간에 그는 신들과만 만난다고 하고,
이즈음 어디론가 모습을 감추었다고도 한다.
                    ──「그가 그리운 날은」중간부

iii) 그는 언제 한번
    얼굴을 보여줄까.
    길을 가리켜주면서 손을 마주잡고
    나와 만날 수 있을까.
    〔⋯⋯⋯〕
    미망을 넘어, 이 무겁고
    어두운 세월의 사닥다리를
    함께 올라갈 수 있을까.

                    ──「그는 언제 한번」 뒷부분

iv) 대낮에 그를 만날 수는 없을까.
    꿈길에서가 아니라,
    눈감고 있을 때가 아니라,
    이 눈부신 햇살 속에서
    만날 수는 없을까.
                ──「대낮에 그를 만날 수는 없을까」 앞부분

 '그'가 누구인지 이태수는 그를 무척 만나고 싶어한
다. 앞의 인용 이외에도 이와 비슷한 많은 시들이 있
어, 그의 시들은 그 갈망의 기록이라 해도 지나치지
않을 정도다. 그렇다면 '그'는 누구인가. 앞에 인용된

110

부분들을 분석해서 그 공통된 부분을 추려보면 '그'는 이런 존재다.

첫째, '그'는 시인의 내부에 있는가 하면 저 멀리 외부에도 있는, 말하자면 추상적인 존재다.

둘째, '그'는 결국 만나지지 않는, 신들과만 만나는, 즉 신적인 존재다.

셋째, '그'는 꿈과 같은 환상 속이 아닌, 구체적인 현실 속에서 그 힘이 구체적으로 요구되는, 실천적 당위의 존재이다.

결국 이러한 조건들을 모아놓고 보면 '그'는 우리 현실에 꼭 필요함에도 불구하고 결핍되어 있는, 신성에 가까운 어떤 추상적 가치임을 알 수 있다. 그렇다면 그것은 비단 이태수만의 그리움도 그만의 바람도 아닐 것이다. 그것은 모든 시인들이 그리워하는 이상의 땅이다. 그 땅을 향하여 대부분의 시인들은 자신의 몸속에서 꿈을 꾸고, 환상을 만들어간다. 시인이 만드는 이러한 꿈과 환상을 우리는 시적 자아라는 말로 부르지 않는가. 그런데 참 이상도 하다. 이 시인에게는 그 어느 시인보다 크고 진지한 꿈이 있으나, 그것이 어떤 분명한 시적 자아로 자리잡고 있는 느낌이 별로 들지 않는다. 이 현상이 어디서 오는 것인지, 나로서는 그것이 가장 궁금하다. 이 궁금증을 풀기 위해 나는 시인이 그리고 있는 시인 자신의 모습을 따라가보기로 한다.

i) 겨울에서 봄으로, 여름에서

가을, 다시 겨울로 가는 바람 소리에도
묵묵히 새들을 품어준다.
흔들리는 내 마음에
추 하나 완강하게 드리우면서,   ——「山」 뒷부분

ii) 너는 아무래도 돌아오지 않고, 나는
이곳에서 언제까지나 제자리걸음
으로 걸어간다. 서 있거나 앉는다.
이젠 겨드랑이마저 가렵지도 않고,
                        ——「물을 마시다가」 뒷부분

iii) 나는, 조금씩, 뒤우뚱거리며,
일어선다. 날개가 돋아나기를,
마음속 깊이 꽃이 피기를,
향기를 뿜기를 기다리고 기다린다.
                    ——「봄, 내려가기 또는 올라가기」 뒷부분

iv) 강은 언제나 물을 받아들이고
물은 어김없이 흘러내리고 있듯이
흘러내리는 나는 오늘도
강으로 가리. 언제나 강은
                    ——「이만큼서 언제까지나」 앞부분

v) 언제나 밤을 받아들이는 내가 두렵다. 밤이 두렵다고
생각하는 내 마음이 두렵다. 낮에 꾸는 꿈속의 밤의 어
두운 꿈이 두렵다.   ——「꿈이 두렵다」 뒷부분

나는 흔들리며, 언제까지나 제자리걸음으로 걸어간

112

다. 나는 조금씩 뒤뚱거리며, 물처럼 흘러간다. 그런가 하면 나는 밤을 두려워하고 꿈을 두려워한다. 요컨대 나는 안정되어 있지 못하고, 그리하여 불안하다. 그러나 시인의 불안은 기질적인 것이라기보다 내성적인 어떤 성찰의 결과로 유발된다. 인용 ⅱ)「물을 마시다가」는 그 사정을 잘 보여준다. '제자리걸음'을 드러내 준 이 시의 앞부분은 다음과 같다:

> 물을 마시다가, 물 같은 나를 물이
> 들이켜고 있다는 생각과 만난다.
> 너는 어디에 있는가. 너는
> 어디로 가고 있는가.
> 밤은 깊고, 밤이 열어주는
> 복도의 조그마한 문 앞에 선다.

시인은 물을 마신다. 그러다가 문득 물이 자기 자신을 마신다는 생각에 빠진다. 자기 자신이 물 같다는 생각도 한다. 일종의 뒤바꿈 의식인데, 두말할 나위없이 그 의식은 자의식이다. 자의식은 시인이 자기 자신을 돌아봄으로써 생겨나는 의식으로서, 이때부터 성찰이 시작된 것이다. "너는 어디에 있는가. 너는/어디로 가고 있는가" 하는 질문이 여기서 생겨난다. 말하자면 구태여 하지 않아도 좋을 생각을 시인은 하는 것이다. 그것은, 내가 물을 마시는 것이 아니라, 물이 나를 마신다는 전도 현상으로 다가오는데, 그 결과 자의식은 늘어나지만 주체 의식은 약화된다. 현실은 밤으로 인식되고, 자신에게 주어진 것은 "조그마한 문"뿐이라는 비관론의 지배를 받게 된다. 그리고 그 문도 별다른 기능을 하지 못한다.

문이 닫힌다. 열린다. 다시 닫힌다.
물에 물을 타고, 기름에 기름을 붓듯이
앉거나 서 있거나
걸어간다. 걸어도 걸어도
제자리걸음이다.

성찰, 혹은 반성은 자기 자신을 돌아보는 행위로서, 이때 발생하는 자의식은 다시금 자신의 의식을 반추·반영한다. 그 반영은 일회적으로 끝나지 않는다. 반영이 다시 반영을 낳고, 또 반영을 낳고…… 이러한 논리를 가장 집요하게 이론화한 인물로 우리는 피히테의 이름을 최초로 기억한다. 그에 의하면 가장 원초적인 성찰은 자기 자신을 감각적으로 반영하는 것으로 여기서 사고가 생겨난다. 그 다음 단계는 사고를 다시금 반영하는 것으로서, 이것은 말하자면 사고의 사고다. 사고된 사고는 계속해서 반영을 거듭함으로써 감각 아닌 이성의 차원으로 올라선다. 이태수의 시적 성찰을 따라가면서 나는 왜 피히테를 연상하게 되었을까. 그의 성찰은 감각? 아니면 이성? 확실히 그의 시는 감각적으로 보이면서도 사실은 매우 이성적인 측면이 있다. 그렇기 때문에 구체적인 사물 속에 녹아서 시적 자아가 자연스럽게 형성되기보다는, 관념적인 개념의 통로를 통해 냉철하게 자기 자신이 반성된다.

그리고 이때 반성된 자아는 제자리걸음에 머무르거나, 물처럼 물 따라 흘러가는, 주체 의식이 결핍된 존재로 혐오된다. 그러므로 그가 그리워하는 가치로서의 '그'는 올바른 시적 자아 자체의 추구라고 할 수 있다. 사물을 통해서 감각적으로 이루어진 원초적 반영이 아닌 성찰은, 자기 반성을 지나친 수준, 예컨대 자기 비하나 자학으로까지 몰아가기 쉽다. 그것은 올바른 의미에서 자신을 제대로 드러내지 않는다. 시에서 관념이 언제나 경계되는 것은 이 까닭이다. 관념은 대상과 시인을 일치시키는 일에 있어서, 현실적인 효과를 보기 힘들기 때문이다. 여기서 시적 자아는 흔들린다. 이태수의 고민은 여기에 있는 듯이 보이는데, 놀라운 것은 시인 스스로 그것을 잘 알고 있을 뿐 아니라 그 자체를 시의 테마로 삼고 있다는 점이다. 그런 의미에서 그는 참으로 정직하고 진실한 시인이다. 이때 그의 시는 가장 아름답다. 「흔들흔들, 하지만」이라는 시는 좋은 예다

주사위가 던져져 있다. 바람 불고, 나는 오늘도 주어진 길을 걷고 있을 뿐이다. 지나온 길의 발자국을 견장처럼 어깨에 메고, 던져져 있는 주사위를 들여다보며, 흔들흔들 걷고 있을 뿐이다.

바람이 한 옥타브 낮게, 또는 한 옥타브 높게 불고 있을 때도, 밤이 오거나 낮에 뙤약볕이 내릴 때도 흔들흔들, 하지만 쓰러지지 않고 걷고 있을 뿐이다.

오늘은 유난히 하늘이 높고, 그 옥빛 속으로 내 마음의 새 한 마리 깊이 날아오르고 있다. 끝없이 추락하는

옛 꿈은 던져진 주사위 모서리에 포개어져 있다.

주사위가 던져져 있다, 는 말은 물론 운명을 상기시
킨다. 시인은 그 운명을 감수한다. 때론 바람이 불지만
그는 운명에 저항하지 않고 주어진 길을 걷는다. 많은
시인들에게서 거의 보편적으로 발견되는 존재론적 회
의나 절망감·원망 따위는 애당초 그의 몫이 아니다.
그에게 몫이 있다면, 그것은 과거·경험을 그대로 존
중하는 성실성이 있을 뿐이다. 물론 흔들거리기는 하
지만. 그러나 "쓰러지지 않고 걷고 있을 뿐"이다. 그러
나 어디 성실성만으로 시가 되랴. 이 시에서는 그러므
로 맨 뒷부분이 소중하게 읽혀져야 한다. 유난히 하늘
이 높고, 그곳을 향해 "내 마음의 새"가 날아오르고
있다는 부분. 과거와 경험은 존중되지만 시인이 무조
건 거기에 순응하는 것만은 아니라는 사실이 밝혀진
다. 실제로 날개, 혹은 비상의 이미지는 이 시집 도처
에 편재해 있다. 시인은 날고 싶어한다. 그러나 환상적
인 꿈으로 자신을 아주 바꾸어버리지는 않는다. 그것
은 그저 "마음의 새"다. 그러면서 옛 꿈은 주사위 모
서리로 떨어져 포개어진다. 옛 꿈은 추락했으나, 없어
진 것은 아니다. 주어진 운명과 더불어 일정한 모습으
로 머물러 있는 것이다. 상투적인 표현으로 옮긴다면,
시인은 현실에 탄탄히 발을 디디고 있는 온건한 이상
주의자라고 할 수 있을 것이다.
옥빛 속 하늘로의 비상, 끊임없이 만나고 싶어하는
'그'의 존재로 표상되는 이태수의 이상은, 그렇다면 과

연 관념적 성찰로만 남아 있는 것인가. 아, 그렇지는 않다. 그는 시적 자아의 추구를 명제로 삼으면서 이제 그 스스로 작은 모색에 나서고 있다. 그것이 그의 '길' 이다.

> 마음을 씻고 닦아 비워내고
> 길 하나 만들며 가리.
> 이 세상 먼지 너머, 흙탕물을 빠져나와
> 유리알같이 맑고 투명한,
>
> 아득히 흔들리는 불빛 더듬어
> 마음의 길 하나 트면서 가리.
> 이 세상 안개 헤치며, 따스하고 높게
> 이마에는 푸른 불을 달고서,
>
> ――「마음의 길 하나 트면서」 전문

이 시에서 주목되는 것은, 시인 스스로 길을 만들어 가겠다는 적극적인 의사 표명과 함께, "이 세상 먼지 너머" "이 세상 안개 헤치며"라는 대목이다. 앞부분과 뒷부분 공통되게 나타나는 것은 이 세상에 머무르지 않고 그것을 넘어서겠다는 초월의 의지이다. 앞에서는 그것이 "이 세상 먼지"이며, 뒤에서는 "이 세상 안개" 이다. 먼지는 흙탕물로 이어지는데, 그것은 이 세속적 인 현실을 타락으로 바라보는 시인의 세계관을 드러 낸다. 시인은 세속적인 현실 속에서 그 현실과 싸우겠 다거나, 더러운 현실 속에서 자신도 어차피 더러울 수 밖에 없다는, 더러움을 통하여 더러움을 극복하겠다는 저 유마힐식의 세계관을 내세우지 않는다. 시인은 "유리알같이 맑고 투명한" 길을 만들어가고자 한다. 얼핏 읽으면 배타적이고 에고이스틱하다. 그러나 '그'에 대한 열망이 말해주듯이 이태수에게 있어서 진실은 하나이며, 하나인 것은 어차피 배타적일 수밖에 없다. 그것은 결코 타협되거나 절충될 수 있는 성격의 것이 아니다.

이 시의 앞부분이 세속적인 현실의 극복에 그 초점이 놓여 있다면, 뒷부분은, 앞으로 도래할 세계에 대한 기대로 충만해 있음을 볼 수 있다. "이 세상 안개 헤치며"가 그것을 강력히 시사한다. 「창세기」에 의하면 안개 다음에 나타나는 세계는 태양의 세계다. 실제로 안개는 태양이 솟으면서 사라져버린다. 그것을 증명하듯 시는 이어서 "따스하고 높게/이마에는 푸른 불을 달고서"라고 제 결론을 맺는다. 태양이다. 그러나 그것은 반드시 자연계의 태양이 아니어도 좋다. 시인을 만족시켜줄 어떤 초월적인 힘이면 모두 좋으리라.

그 '길'의 본질과 성격이 이러하지만, 그러나 그 길은 관념적으로도, 신비하게도 주어지지 않는다. 누구보다도 이 사실을 잘 알고 있는 시인은 그 길을 걸어가는 고통과 시련이 이제 시인의 사명임을 새삼 깨닫는다. 이 깨달음의 과정을 보여주고 있는 데에 시집 『꿈속의 사다리』의 진지한 의미가 숨어 있다. 시인은 다소 관념적인 방법으로 자기 성찰을 행했었다. 그러다가 찾아나선 길. 그러나 이 길 찾기는 관념적이지만은 않다. 무겁고 진지하게 자신을 돌아보았다면, 이제 전망이 분명해진 상황에서 훨씬 가볍게 자기 자신을 움직이고 있다. 비록 그 길 위에서 때론 길을 잃는다고 하더라도 그것은 더 이상 막연한 흔들림이 아니다. 이 미묘한 상황을 반영하고 있는 두 편의 시를 읽어본다.

> 길은 사람들이 만들고 있지만
> 사람들은 언제나 길을 잃는다. 겉으로는
> 길을 따라 사람들이 붐비지만
> 길은 보이지 않아 길을 제대로 걷는
> 사람들이 보이지 않는다. 사람들은
> 발이 공중에 떠 있는데도
> 떠 있는 발을 보지 못한다.　　　　　―「길 4」 전문

> 길.
>
> 그의 집에 이르는,
> 좁고 깊은 아픔을 통해, 섬광처럼
> 정신의 저 높이에
> 반짝이는.
> 모든 길 벗어나, 깊이 내려가 있으므로
> 아득하게 빛나는,
> 바늘 구멍으로 온 세상 꿰뚫어보는
> 그의
> 방, 그의 집에 이르는
>
> 머나먼 길.　　　　　―「길, 머나먼 길」 전문

괴테는, 인간은 노력하는 한 방황한다고 했다. 노력의 무용·무위성을 말한 것일까. 아니다, 그것은 인간은 위대하지만 그것 역시 한계를 갖고 있다는 표현이외 다름아니다. 마찬가지 논리로 길은 인간이 만들지만, 사람들은 언제나 길을 잃는다는 말이 성립될 수 있다. 길을 따라 사람들이 붐비는데도 그 길은 막상 보이지 않는다. 길을 찾아나선 시인 이태수의 고민도 바로 그것이다. 발이 공중에 떠 있는데도 사람들은 그 발조차 제대로 못 본다. 그러나, 다행이구나. 시인 역시 길에 올바로 들어서지 못하고 있으나 그 발이 공중에 떠 있는 것은 보고 있다. 말하자면 시인은 길 찾기가 고통·시련과 더불어 행해짐을, 그리고 그 고통이야말로 고통 아닌 행복임을 알고 있는 자의 이름이다.「길 4」는 그것을 보여주는 작품이다.

그 행복이 "좁고 깊은 아픔"으로 표현되고 있는 작품이 그 다음의「길, 머나먼 길」이다. 이 시집에 수록된 작품들 가운데 가장 탁월한 시들 중 하나로 기억될 이 시는, 그 길과 관련된 고통·행복, 그리고 무엇보다 정신에 관하여 말하고 있다. 여기서 '길'은 '그'와 만난다. '그'의 집에 이르는 길이며, '그'는 그 '길' 끝에 나타나는 자다. 그 과정은 좁고 깊은 아픔을 통해 도달될 뿐 아니라, "섬광처럼/정신의 저 높이에/반짝인다." 이제 '그'의 위치가 밝혀진다. 그는 모든 길을 벗어나 깊이 내려가 있으며, 아득하게 빛나는, 바늘 구멍으로 온 세상 꿰뚫어보는 자리에 있다. 그는 따라서 하나밖에 없는 자, 절대자이자 유일자다. 이때 만일 우리가 그를 기독교의 신이라고 한다면, 그 길을 걸어가는 시련과 행복의 양면성은 쉽게 이해된다(기독교에서는 환난도 은혜라고 하지 않는가!). 이와 관련하여, 나는 아름다운 한 편의 시를 소개하고 싶다. 그 시는 「두 개의 변주(變奏)」인데, 그 중 뒷부분만 인용한다:

사닥다리를 놓고 싶다.
하늘을 향하여
깨금발을 하는 꿈.
신들린 듯 물은 아래로 아래로
떨어져내리고 있지만
올라가고 싶다. 폭포 앞에서
물에 발을 담그고 눈감아보면
떨어지는 물의 속도만큼, 하늘로
아득하게 하늘로 키가 크는
사닥다리. 한 칸씩 빠르게 나는 그
사닥다리를 올라가고 있다.

꿈에 사닥다리가 땅 위에 섰는데, 그 꼭대기가 하늘에 닿았고, 또 하나님의 사자가 그 위에서 오르락내리락하던 사건은 야곱의 일이었던가. 야곱은 거기서 하나님을 만났다. 그 사닥다리는 하나님이 놓아주셨다. 그래도 우리는 그것을 야곱의 사닥다리라고 부른다. 그런데 지금 이태수는 하늘을 향하여 사닥다리를 놓고 싶다고 깨금발을 한다. 그저 물처럼 흘러내리는 것이 자신의 모습이라고 생각했던 시인이 이제는 "[……] 물은 아래로 아래로/떨어져내리고 있지만/올라고 싶다. 〔……〕"고 고백한다. 떨어지는 물의 속도만큼, 하늘로 아득하게 키가 크는 사닥다리를 타고 싶다는 것이 그의 집념이자 열망이 된다. 그러나 야곱의 사닥다리는 하나님이 놓아주시지 않았던가. 아마도 그것은 언제나 하나님만이 가지는 특권일 것이다.

이제 우리는 이태수와 더불어 묻는다. 시인도 하늘을 향해 사닥다리를 놓을 수 있는가. 놓을 수 있는 자유야 왜 없겠는가. 질문은 아마도 바뀌어져야 할지 모른다. 시인이 그 사닥다리를 놓을 필요가 있는가 하고. 왜냐하면 너무 많은 시인들에게서 우리는 그 사닥다리가 애당초 불필요한 것으로 들어왔기 때문이다. 아주 많은 우리의 시인들은 그들 스스로가 그 사닥다리이거나, 한걸음 더 나아가 그들이 사닥다리를 내려보내주는 자들이라고 자처하고 있다. 사닥다리를 하늘을 향해 놓고 싶어하는 이태수의 유일한 꿈은, 그러므로 겸손보다는 시인의 특권을 저버리는 일로 비판될지 모른다. 그러나 그러한 지적 교만은 오늘에 와서 시인의 영역을 스스로 위축시키고, 총체적 현실 파악에 스스로 한계를 긋는 현학적 모더니즘의 포즈로 오히려 비판될 수밖에 없다. 나로서는 이태수의 사닥다리가 하늘을 향해 탄탄히 뻗어 올라가기를 바란다. 시인이 놓는 그 사닥다리는 하나님이 놓는 그것보다 무모하고 연약할지 모른다. 어쩌면 영원한 수고일지도 모른다. 그러나 그것을 시도하는 꿈이야말로 보는 이의 가슴을 적신다. ▨

지은이의 문학과지성사판 시집

우울한 飛翔의 꿈 (1982)
물 속의 푸른 방 (1986)
안 보이는 너의 손바닥 위에 (1990)

문학과지성 시인선 127
꿈속의 사닥다리
_____

초판발행/ 1993년 5월 15일
3쇄발행/ 1994년 6월 25일

지은이/ 이태수
펴낸이/ 김병익
펴낸곳/ (주)문학과지성사
등록번호/ 제10-918호 (1993. 12. 16)

서울 마포구 서교동 407-4호 (121-210)
편집: 338)7224~5 · 7266~7 FAX 323)4180
영업: 338)7222~3 FAX 338)7221
_____

ⓒ 이태수, 1993
ISBN 89-320-0629-6